그리움 머문 자리

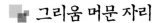

그리움 머문 자리

1판 1쇄 : 인쇄 2016년 05월 15일
1판 1쇄 : 발행 2016년 05월 20일

지은이 : 이인환
펴낸이 : 서동영
펴낸곳 : 서영출판사

출판등록 : 2010년 11월 26일 제 (25100-2010-000011호)
주소 : 서울특별시 마포구 서교동 465-4, 광림빌딩 2층 201호
전화 : 02-338-7270 팩스 : 02-338-7161
이메일 : sdy5608@hanmail.net

그   림 : 박덕은
디자인 : 이원경

ⓒ2016이인환 seo young printed in seoul korea
ISBN 978-89-97180-55-4 04810
ISBN 978-89-97180-00-4(set)

그리움 머문 자리

2016 · 서영

이인환 시인의 제1시집 출간을 축하하며

　맑은 호숫가에서 시심에 젖어 사는 물망초, 우리 문우들은 이인환 시인을 그렇게 부른다. 닉네임 '물망초'는 요즘 이인환 시인의 대변자가 되고 있는 듯하다. 그 어떤 문명의 황사가 침범하지 못하는 시인의 내면, 그곳에서 열정의 시심이 자라고 있고, 거기서 시꽃이 화사하게 피어나고 있는 것이다. 그게 신비스럽기까지 하다.

　이인환 시인이 한실 문예창작 포시런 문학회를 찾아온 첫날, 세상은 이미 아름다운 시꽃들을 마음의 동산에 꽃피워 놓고 있었다. 지난 2년여 동안 그 시꽃들은 온갖 비바람, 눈보라에도 끄떡하지 않고 피어나, 지금 이처럼 영근 시의 열매들을 싱그럽게 맺어 놓았다. 특히 이인환 시인의 시적 성장은 아프리카tv "낭만대통령의 문학 토크"를 통해 더욱 빛을 발했다. 매주 쉬지 않고 발표하는 열정, 시와 시조, 두 장르로 오가며 펼치는 도전 정신은 날이 갈수록 튼실한 시 창작의 탑을 쌓아놓았다. 특히 7.5조 시의 개척은 주목할 만했다.

　▌그리움 머문 자리

매끄러운 리듬은 마치 김소월의 시를 만난 듯한 반가움까지 선물해 주었다.

　이인환 시인의 시적 성장은 어디까지 이어질지 궁금하다. 우선 그녀의 초기 시부터 살펴보도록 하자. 그리하여 그녀가 추구하는 향그런 시 세계를 맛보며 행복한 시간을 잠시 갖도록 하자.

　산자락향 품은 오솔길
　휘몰아친 비바람 눈물 되어
　우산 속 눈망울에 물안개 피네
　허기진 숨결 목이 메어
　토해내는 그리움
　사랑한 적 없었다
　주문처럼 되뇌이면 잊혀지려나.

　　　　　　　　　　- [어느 겨울날] 전문

　이 시에서의 시적 화자는 사랑하는 이를 가슴에 안고 산자락향 품은 오솔길을 걷고 있다. 휘몰아치는 비바람 속을 우산을 쓰고 걷고 있다. 눈물이 흐르고, 눈망울에는 물안개가 피어 시야가 흐려지고 있다.

　무엇 때문일까. 허기진 숨결은 목이 메어 그리움을 토해내고 있다. 시적 화자는 지금 그리움에 몹시 힘겨

위하고 있다. 입술로는 '사랑한 적 없었다'고 중얼거리
지만, 그렇게 되뇌인다 해서 잊혀질 것 같지 않은 그
리움, 이 때문에 더욱 힘들어한다. 잊혀지길 바라지만,
잊고 싶지 않은 님, 만나고 싶지만 만날 수 없는 처지,
떨어져 살아야 한다는 현실을 인정하지만, 결코 놓치
고 싶지 않은 님, 그 님에 대한 안타까운 사랑 고백이
절절절 흐르고 있다.

　겉과는 달리, 시적 화자의 내면은 '사랑하고 싶다. 미
치도록 사랑하고 싶다'가 줄줄줄 강물처럼 흐르고 있
다. 이 애틋함을 어찌할 것인가. 독자의 마음까지 함께
아려온다. 과연 이 시적 화자의 사랑은 이뤄질 수 있을
것인가. 그토록 그리워하는 님을 만나 사랑을 확인할
그날이 과연 올 것인가. 이러한 의미를 담기 위해 후각
이미지(산자락향), 청각 이미지(휘몰아친 비바람, 허기진 숨
결, 목이 메어, 주문처럼, 되뇌이면), 시각 이미지(오솔길, 우산
속, 눈망울, 물안개)의 조화로움, 추상(그리움, 사랑, 주문, 잊
혀지려나), 구상(산자락, 오솔길, 비바람, 눈물, 숨결, 토해내는,
되뇌이면)의 입체화 등이 이 시의 시적 화자의 안쓰러움
을 더욱 선명히 드러내는 데 기여하고 있다.

　붉은 정 물들이고파
　낭떠러지에 부딪혀

하얗게 울부짖는
서러운 음률

바위와 물풀에 휘감겨 돌며
새소리 바람소리 불러 모아
손길 잡고 흘러내리네
가슴속 새긴 님 오는 그날까지

장미꽃 열정의 계절에도
쏟아지는
애틋한 숨결소리

창공에서 내려준 물기둥 잡고
활짝 핀 무지개 자락에 안겨
눈부시게 빛나네

사무친 꽃향기 스미는
찬란한 봄날
안타까운 기다림의 물결 타고서.

- [폭포] 전문

이 시에서 시적 화자는 폭포에 눈길을 고정시켜 놓

이인환 시인의 제1시집 출간을 축하하며

고 있다. 어쩜 시적 화자 자신이 폭포가 되고 싶어하는지도 모르겠다. 아니면, 폭포를 통해 자신의 하소연을 표출하고자 하는지도 모르겠다.

　서러운 음률인 폭포는 붉은 정 물들이고 싶어서 낭떠러지에 부딪혀 하얗게 울부짖는다. 때로는 바위와 물풀에 휘감겨 돌며, 때로는 새소리 바람소리 불러 모아 손길 잡고서, 장미꽃 열정의 계절에도 애틋한 숨결소리 쏟아내며 흐르고 있다. 때로는 창공에서 내려준 물기둥 잡고 활짝 핀 무지개 자락에 안겨 눈부시게 빛나며 떨어지고 있다. 사무친 꽃향기가 스미는 찬란한 봄날에는 안타까운 기다림의 물결을 타고서 달려가고 있다. 언제까지? 가슴속 새긴 님 오는 그날까지.

　우와! 단순해 보이는 폭포가 이 시 속에서 다채로운 이미지로 다가와 독자의 가슴을 울리고 있다. 이미지 구현이 눈부시도록 아름답다. 아름답다 못하여 눈물겹도록 애틋하다. 힘차게 쏟아 내리는 폭포를 다루면서도, 시적 화자의 안타깝고 애틋한 가슴이 잘 표현되어 있다.

　사랑하지만, 열정 다해 사랑의 품으로 달려가고 싶지만, 실현되지 못하는 사랑, 그래서 그리움만으로 살아가야 하는 시적 화자의 내면을 싱그러운 폭포의 이미지(하얗게 울부짖는 서러운 음률, 새소리 바람소리 불러 모아, 손길 잡고 흘러내리네, 쏟아지는 애틋한 숨결소리, 활짝 핀 무지개 자락에 안겨, 눈부시게 빛나네, 안타까운 기다림의 물결 타고서)를 동원하여 선명히 그려내는 데 성공하고 있다.

　매우 아름다운 이미지 구현을 여기서 만나게 되어 독자는 기쁘다. 뿐만 아니라, 시의 참맛이 느껴져 독자의 감성은 더욱 행복에 젖게 된다.

　　계절 따라 형형색색
　　가슴에 담아
　　연분홍 봄바람으로
　　꽃피우는 곳

　　출렁이는 물결 위에
　　드러낸 속살
　　팔팔대는 수줍음이
　　강물처럼 흐르는 곳

　　스산한 가을바람 위에
　　덧칠하는 숨결소리 가빠지면
　　낭만이 별빛으로 찬란히 쏟아지는 곳

　　소복이 눈 덮인 달밤

하얀 그리움이
부엉이로 울부짖는 곳

숙박 예정일도 없이
여장 풀고 외로이 머무는
슬프도록 아름다운 곳.

- [호숫가 예쁜 집] 전문

이 시에서의 시적 화자는 호숫가 예쁜 집으로 여행 떠나고 싶어한다. 숙박 예정일도 없이 여장 풀고 머물 수 있는 곳, 그러나 동행하는 이가 없어 외로이, 그래서 슬프도록 아름다운 곳에서 한동안 지내고 싶어한다. 연분홍 봄바람으로 꽃피어나고, 깔깔대는 수줍음이 강물처럼 흐르고, 낭만이 별빛처럼 찬란히 쏟아지고, 겨울 달밤에 하얀 그리움이 부엉이로 울부짖는 그런 곳에서, 혼자서 조용히 며칠 동안 머물러 있고 싶어한다.

왜 그럴까. 왜 집을 떠나 그런 외딴곳에 여장을 풀고 싶어할까. 도대체 이 시적 화자에게는 어떤 마음의 변화가 진행되고 있는 걸까. 왜 현실에 안주하지 못하는 걸까. 무슨 변화가 가슴에 일고 있는 걸까.

아마도 내면에 파도처럼 일고 있는 열정, 거기서 비

그리움 머문 사리

롯된 사랑, 이룰 수 없는 운명이 낳은 그리움, 이 감성
들을 정리하고 싶은 건 아닐까. 어찌하여 그런 감성들
을 쉽게 포기하지 못하는 걸까.

　이 미묘한 감성들을 담아내는 표현 기법이 감탄을
자아낸다. '연분홍 봄바람으로 꽃피우는', '깔깔대는 수
줍음이 강물처럼 흐르는', '가을바람 위에 덧칠하는 숨
결소리 가빠지면', '낭만이 별빛으로 찬란히 쏟아지는',
'하얀 그리움이 부엉이로 울부짖는' 등의 표현에서 보
이는 이미지 구현이 예사롭지 않다.

　세월의 나이가 지긋한 이인환 시인의 손끝에서 이런
세련된 이미지들이 이처럼 싱그럽게 쏟아져 나오다니,
어찌 놀라워하지 않겠는가.

　　한겨울밤
　　못다 한
　　사랑의 눈물

　　창가에
　　수줍은 듯
　　내려앉는다

　　견딜 수 없는 그리움에

너무 보고 싶어
함께 느끼고 싶어

그 창에 얼굴 묻고
하염없이
운다

아픈 눈물까지
얼어붙어
고백이 더욱 애절하다

이대로 영원히
멈추어다오
봄은 다시 오지 말아라.

- [성에] 전문

　이 시에서의 시적 화자는 못다 한 사랑의 눈물을 흘
리고 있다. 그것도 한겨울밤에. 그 눈물이 창가에 수
줍은 듯 내려앉는다. 견딜 수 없는 그리움에 사로잡혀
있다. 그래서 너무 보고 싶고 함께 느끼고 싶다. 그 창
에 얼굴 묻고 하염없이 울고 있다. 흐르는 아픈 눈물은
얼어붙어 버린다.

동시에 시적 화자의 고백은 더욱 애절하게 부각된다. 그 순간 시적 화자는 떨리는 목소리로 울부짖는다. 이대로 멈춰달라고, 봄은 다시 오지 말라고.

이보다 더 슬픈 장면이 어디 있겠는가. 수많은 문장으로도, 긴 소설로도 다 담을 수 없는 긴 얘기를 이렇듯 짤막한 시구절로 압축해내는 이 솜씨, 정말 칭찬할 만하다.

역시 시는 이미지 시라야 독자를 감동시킬 수 있나 보다. 영화 한 장면처럼 선명하고도 은은히 그려내는 이미지 시, 이게 오래도록 독자의 사랑을 받아왔고 또 앞으로도 영원히 그 사랑을 유지해 가리라 여겨진다. 이인환 시인의 시 창작에서 이미지 구현이 주목받은 이유도 여기에 있다.

이인환 시인의 시는 자유시에만 머물지 않고 7.5조 시로 발을 뻗고 있다. 이 시 영역은 주목할 만하다. 우리 문학사에서 7.5조 시는 민족혼과 연결되어 있어, 소중히 다루어야 할 장르이다.

왜 우리 민족은 7.5조 시를 좋아할까. 혹시 핏속에 7.5조 리듬이 유전인자로 박혀 있지는 않을까. 이인환 시인의 7.5조 시를 통해, 그 세계로 들어가 보도록 하자.

여전히 머무는 정 계절의 길목
함박눈 소복소복 쌓여져 가네
보고파 가고 싶다 그대 가슴밭
숨결처럼 뛰는 맘 그리움 함께
홍매화 드레스도 춤추는 달밤

눈보라 모진 떨림 대나무 숲속
아린 추억 묻고 온 수년 기도 탑
온갖 욕심 비운 채 푸른 정절로
마디마디 힘찬 힘 뻗어 나가네
그 길 따라 가고파 함께 손잡고

파도소리 선율 탄 예쁜 바닷가
고독의 아름다움 품은 바다섬
붉은 열정 한아름 품에 안고서
새하얀 눈꽃 모자 동백 보금터
오늘은 고백하리 불 같은 사랑.

- [설원 단상] 전문

이 시에서의 시적 화자는 함박눈 내리는 밤에도, 홍
매화 피는 달밤에도 그리움에 가슴이 뛰고 있다. 그대
에게로 가고 싶어 좀처럼 진정되지 않는 마음을 짓누

르고 있다.

눈보라 치는 대숲을 바라보며 욕심 비운 채 푸른 정절로 살아가는 대나무를 통해 자신을 진정시키고 있다. 그런데도 마디마디 힘차게 뻗어 나가는 대나무가 오히려 열정의 길잡이로 여겨진다. 아린 추억을 묻고, 기도에도 불구하고 대나무의 힘찬 힘이 뻗어 나가는 그 길 따라 함께 손잡고 가고 싶다. 그대가 있는 곳으로 치달려가고 싶다. 그 어떠한 정절도, 기도의 힘도, 추억 묻고자 하는 절제력도 아무 소용이 없는 듯하다. 오로지 그대에게로 나아가, 그리움을 충족시키고 싶다. 그 어떤 세상의 가치도 아무 소용이 없다. 그 어떤 희생을 감수하고서라도 그대와의 사랑을 이루고 싶다.

시적 화자는 파도소리 선율 탄 바닷가에 이르러서도, 고독을 품고 서 있는 바다섬을 바라보면서도, 그대에게로 향한 가슴을 진정시키지 못하고 있다. 오히려 붉은 열정 한아름 품고서 눈꽃 모자를 쓰고 있는 동백꽃을 바라보면서 불 같은 사랑 고백을 하고자 다짐한다.

이룰 수 없었던 사랑, 이루고 싶은 사랑, 아직 이룰 가능성이 없는 사랑, 그러기에 더욱 가슴 아픈 사랑. 그리하여 더욱 애틋한 시적 화자의 마음은 7.5조의 리

이인환 시인의 제1시집 출간을 축하하며

듬에 실어져 더욱 절절히 호소되고 있다. 이게 7.5조의
독특한 매력이 아닌가 싶다.

　　　바라기 열정의 꿈 붉게 태우며
　　　꺼진 등 다시 켜서 꽃피운 환희
　　　못다 한 사무친 정 고이 간직해
　　　새콤달콤 음률로 수놓은 길에
　　　오늘도 손길 그만 놓으라 하네

　　　감동 담은 예쁜 집 산밑에 지어
　　　눈보라 휘몰아쳐 창 흔드는 밤
　　　모든 방에 모조리 불 밝혀 놓고
　　　하염없이 누구를 기다리는가

　　　서러움 삼키던 날 다독여 준 님
　　　그제야 아린 심장 끌어안고서
　　　힘겨워 타는 숨결 하얀 순정아
　　　가녀린 수초꽃은 목이 메이고
　　　사무친 그리움만 너울거리네.

　　　　　　　　　　　　　- [잊지 말아요] 전문

이 시에서의 시적 화자는 바라기 열정의 소유자이

다. 그 열정의 꿈을 붉게 태우며 살아가고 있다. 꺼진 등도 다시 켜서 환희를 꽃피우며 살아가고 있다. 못다 한 사무친 정은 고이 간직해 틈만 나면 새콤달콤 음률로 수놓으며 지내고 있다. 그 길에 오늘도 수많은 생각이 스쳐지나가고 있다. 이제 그만두지, 이제 그만해, 이 정도면 됐지 않아. 할 만큼 했어, 기다릴 만큼 기다렸잖아, 수많은 속삭임이 귀에 어른거리고 있다.

그래 잊자, 잊고서 감동 담은 예쁜 집을 산밑에 짓고, 살아가자. 눈보라 휘몰아쳐 창 흔드는 밤에도 방마다 모조리 불 밝혀 놓고 살자. 아니, 그렇게 되면, 또 누군가를 기다리며 살아가는 게 아닌가.

님을 잊기 위해 산밑의 집으로 갔는데, 거기서도 여전히 님을 기다리는 삶을 살아간다는 말인가. 이래도 저래도 생각나는 님, 서러움 삼키던 날 다독여 주던 님. '아, 이제야 깊이 느껴지는 따스한 정, 아린 심장 끌어안고서 힘겨워 타는 숨결, 하얀 순정을 선명히 느낄 수 있구나.' 가녀린 수초꽃처럼 목이 메이고 사무친 그리움만 너울거리는 이 순간, 시적 화자의 눈물겨운 기다림은 더욱 독자의 가슴을 울려 주고 있다.

그나마 7.5조라서 물결치듯 다가오는 안타까움과 서글픔은 배가 되고 있다. 시의 의미와 시적 화자의 심경을 더욱 선명히, 더욱 애틋하게, 더욱 애절하게 돋보이

이인환 시인의 제1시집 출간을 축하하며 ∎

도록 도와주는 7.5조, 김소월 시인처럼 이인환 시인도
이 7.5조 리듬의 효용성을 잘 알고 있는 듯하다.

꿈처럼 짧은 여정 선물로 받아
정겨운 산모롱이 둥지 틀었네
그리워라 그 풍광 눈물나도록
허둥지둥한 연륜 노을로 서서
보고픔 젖어들어 바라본 정아

마음결 한 자락에 안겨온 설렘
오호라 숨은 열정 스쳐갔건만
이제야 아롱거려 가슴 흔드나
애틋한 그 인연과 쌓여진 추억
곁에만 있어 줘도 벅찬 사랑아

깊은 밤 창 흔들어 찾아온 바람
행여나 님의 발길 서성임인가
하얀 밤 고요 안에 스며든 숨결
숨죽여 온몸 가득 채워논 채로
그대가 오는 길목 기다리려네.

- [그리움.2] 전문

이 시에서의 시적 화자는 꿈처럼 짧은 사랑의 여정을 가슴에 안고 정겨운 산모롱이에 둥지를 틀었다. 유달리 산자락, 산모롱이, 산밑을 좋아하는 이인환 시인의 대리인 역할을 충실히 맡고 있는 시적 화자, 그녀는 노을을 바라보며 보고픔에 젖어들어 옛정을 그리워하고 있다.

아무리 몸은 도시에서 떨어져 시골 산모롱이로 둥지를 틀었다 할지라도, 눈물나도록 그립기는 마찬가지다. 마음결에 안긴 설렘도, 숨은 열정도 잊혀지거나 스쳐간 게 아니라, 아롱거려 가슴 흔드는 존재가 되고 있다.

애틋한 그 인연과 쌓여진 추억도 그대로 살아 있다. 곁에만 있어 줘도 벅찬 사랑이라 여기는 마음도 그대로다. 그러니, 잊기는커녕 더욱 애타는 가슴만 더 커졌다.

깊은 밤 창 흔드는 바람만 대해도 님 생각, 행여나 님의 발길이 아닌가 하며 귀기울이고, 하얀 밤 고요 안에 스며든 숨결 숨죽인 채 온몸 가득 채워놓은 채로 님이 오는 길목에 가서 기다리겠다는 대목에 이르러 독자는 할 말을 잃고 만다.

더 이상 손댈 수 없는 시적 화자의 사랑, 누가 말릴 수 있단 말인가. 어느 누가 이 열정을 막아설 수 있단

이인환 시인의 제1시집 출간을 축하하며

말인가. 어느 때든 님에게로 달려갈 준비가 되어 있는 시적 화자, 그 어떤 경우에도 님을 잊지 않고 사계절 내내 기다리겠다는 다짐을 매번 새롭게 하는 시적 화자를 그 누가 설득할 수 있겠는가.

　지독한 사랑앓이를 하고 있는 시적 화자의 내면이 7.5조 리듬 위에 신비스레 펼쳐지고 있다. 이 시가 갖고 있는 정서가 독자에게 쉽사리 전달되어 이입되는 것도 바로 이 7.5조 리듬의 덕택이 아니겠는가. 이처럼 리듬을 잘 활용하는 시인에게 박수를 보낸다.

　이인환 시인의 자유시와 7.5조 시에 못지않게 독자들에게 다가오는 장르는 시조이다. 2016년 가을부터 휘몰아 쓰기 시작한 시조, 그것도 3연 이상 이끌어 가는 연시조가 무려 50여 편에 이른다. 한 편 한 편 정성을 다한 시조라서, 품격이 갖춰져 있는 시조라서 놀랍기만 하다. 평소 만나는 자리에선 수줍게 말하고, 자신 없다 말하고, 부끄럽다 말하곤 하는 그녀의 연시조 창작은 주목할 만하다. 게다가 절절절 토해내는 그리움의 시적 형상화가 독자를 웃겼다 울렸다 한다. 그 연시조의 시 세계로 들어가 보자.

　푸르름 나래 펴서 정든 님 손길 잡고
　향그런 산등성이 위에서 춤을 추네

어얼싸 설렘의 숨결 불태우며 두둥실

한 마리 작은 새야 어쩌다 사랑 잃고
차디찬 하늘 날며 설원에 홀로 우나
그리운 추억 한 자락 가물가물 어리네

산 너머 붉은 연민 새벽깃 물들여도
보고픔 사무쳐서 날갯짓 퍼덕이네
바람아 날게 해다오 님 가슴에 붙어서.

- [날고 싶다] 전문

이 시조에서의 시적 화자는 1연에서 푸르름의 나래
를 펴서 정든 님의 손길을 잡고서 향그런 산등성이 위
에서 춤을 추고 있다. 설렘의 숨결 불태우며 어얼싸,
두둥실 춤을 추고 있다.

3434 3434 3543 정형시조의 율격을 그대로 지키면
서, 시상의 흐름을 자연스럽게 지켜가면서, 시적 형상
화를 이미지로 꾸려가고 있다. 놀라운 솜씨다.

2연에서는 한 마리 새를 객관적 상관물로 활용하고
있다. 어쩌다 사랑 잃고 차디찬 하늘 날며 설원에 홀로
울고 있나, 이러면서 시적 화자는 자신과 새를 일치시
킨다. 그리고는 그리운 추억 한 자락 가물가물 어린다

고 새와 시적 화자의 처지를 자연스레 일체화시켜 버린다. 이 솜씨 또한 세련되어 있다.

3연에서는 산 너머 붉은 연민을 등장시키고 있다. 이 연민은 새벽깃 물들여도 보고픔 사무쳐서 날갯짓을 퍼덕이고 있다. 이런 모습에 안타까운 시적 화자는 바람에게 부탁한다. 님의 가슴에 붙어서 날게 해달라고 애원하고 있다. 과연 그럴 수 있을까. 현실적으로 그 꿈이 이뤄지기 어려워 보인다.

그럼에도 불구하고, 시적 화자는 자신의 꿈을 포기하고 싶지 않나 보다. 누가 뭐라고 해도, 자신은 님의 가슴에 붙어서, 님과 함께하면서, 같이 슬퍼하고 같이 기뻐하고, 때로는 어얼싸 두둥실 춤추며 살고 있다.

아주 소박하지만, 사랑의 진수에서 가장 중요한 동행, 같이 애환을 나누며 가까이 붙어서, 가슴에 껌처럼 붙어서 살고 싶어하는 시적 화자의 의지에 독자는 합류하고 싶어진다. 이러한 심경으로 독자를 끝까지 이끄는 시적 화자와 시인의 시 창작 솜씨가 새삼스럽게 좋아 보인다.

하늘가 새 한 마리 바람결 따라가다
날갯짓 애처롭게 살포시 앉고 보니
물안개 가득 품은 산 두렵기만 하구나

푸르게 솟아올라 향내음 머리 이고
보고픔 얼싸안고 사랑꽃 곱게 피워
겹겹이 돌고 돌아서 단잠 자고 싶어라

별빛길 산모롱이 외롭고 쓸쓸해서
천천히 가는 길목 서러워 멈추는가
날아라 산 정상까지 추억 남길 때까지.
- [그리움 머문 자리 · 1] 전문

   이 시조에서의 시적 화자는 하늘가 바람결 따라가는
새 한 마리를 좇고 있다. 날갯짓 애처롭게 살포시 앉
을 때에야 비로소 어느 곳에 와 있는지를 알게 된다.
   물안개 가득 품은 산에 서 있는 것을 확인한 순간, 시
적 화자의 내면으로 두려움이 몰려든다. 역시 주위 환
경이 아무리 아름답고 신선해도 님이 없는 곳은 외롭
고 쓸쓸하고 두렵기만 하는가 보다.
   이번에는 푸르게 솟아올라 향내음 머리에 이고 보고
픔 얼싸안아 본다. 사랑꽃 곱게 피어 겹겹이 돌고 돌면
단잠 자고 싶다. 하지만, 이건 그저 바람일 뿐이다. 그
랬으면 좋겠다는 넋두리일 뿐이다. 가상의 세계에서
현실로 돌아와 보면, 별빛길 산모롱이에 서 있는 자신
의 외롭고 쓸쓸한 모습뿐, 천천히 가는 길목 서러워 멈

취서는 모습뿐, 이제 아무것도 남아 있지 않다.

그러자, 시적 화자는 갑자기 소리친다. 날아라, 산 정상까지 추억 남길 때까지. 하지만, 그건 공허한 메아리일 뿐, 아무 대답이 없다. 이 시조 역시 님이 곁에 없는 삶은 아무 가치가 없음을 다시 한 번 강조하고 있다.

이 시조 또한 정형시조의 율격을 고스란히 보존하면서, 시적 화자의 세계관을 독자에게 선명히 전달하는 데 성공하고 있다.

자욱이 새벽 안개 여명빛 품은 아침
어판장 빠져나와 좌판대 작은 바다
물고기 파닥거리며 울부짖네 애틋이

푸른 물 파도 타고 마음껏 춤추던 곳
맛과 멋 찾는 발길 그 앞에 우뚝 설 때
어이타 잡혀 들어와 설운 눈물 흘리나

항구의 외진 곳에 뱃고동 울음소리
고향길 그리워서 인기척 피하느라
죽은 듯 엎드린 채로 서글픔을 곱씹네.

- [선창가] 전문

이 시조에서의 시적 화자는 여명의 빛 품은 아침에 부둣가를 거닐고 있다. 어판장을 지나 좌판대의 작은 바다를 만난다. 거기서 물고기들이 파닥거리며 울부짖고 있는 모습에 애틋이 눈길을 보낸다.

좌판대에 얹혀져 있는 물고기 신세나, 정착하지 못하고 뜨내기가 되어 실의에 잠겨 있는 시적 화자나 같은 처지, 물고기의 파닥거림은 곧 시적 화자의 파닥거림으로 여겨진다. 그래서 속으로 울부짖는다.

한때는 푸른 파도와 같았다. 마음껏 춤추고 맛과 멋을 찾아 발길 옮겼던 시절이 있었다. 그러나, 비참한 현실이라는 좌판대로 잡혀와 설운 눈물 흘리며 나자빠져 있는 신세가 마냥 처량하다. 후회해 봐도 소용없다. 항구의 외진 곳, 뱃고동 울음소리만 들리는 곳, 고향길 그리운 곳, 하지만 인기척 피하느라 죽은 듯 엎드린 채로 서글픔을 곱씹고 있는 물고기나 다름없는 신세임을 인지하고 있다.

그래서 할 말이 없다. 왜 이렇게 살아야 하나, 한숨을 내쉬어 보지만, 어쩔 도리가 없다. 인기척까지 피하고 있는 자신, 죽은 듯 엎드려 있는 좌판대의 물고기 같은 존재, 이게 피부로 선명히 전달되는 시적 형상화, 이 얼마나 실감나는 표현인가.

이인환 시인의 창작 열기와 성실은 우리 모두 경이

25

롭게 바라보고 있는 점이다. 소녀처럼 수줍어하면서도, 결코 중단하지 않는 시 창작의 길, 그 길을 걸어가는 열정이 뜨겁다. 또 그 길을 걸어가는 성실성이 앞으로도 좋은 작품을 창작해낼 거라는 믿음을 준다. 멋있다.

그녀의 시 하나 하나, 이미지 구현과 낯설게 하기, 그리고 리듬의 아름다움을 잘 갖춰 놓고 있어, 시의 특질에 가장 가까이 다가가고 있다. 이 또한 멋지다.

필자가 사는 동네의 작은 공원에서는 60~80대 할아버지들이 모여 동전치기나 윷놀이를 한다. 하루는 돈을 잃었다가 하루는 손해를 보완하며 지낸다. 사계절 내내 그렇게 보낸다. 그 중 어떤 분은 감정이 상해 멀리 이사를 떠나기도 한다. 비 오는 날과 눈 오는 날만 빼고는 그러한 일상이 지속되고 있다. 이렇게 허송세월을 보내고 있는 노인들과는 달리, 이인환 시인의 일상은 보람찬 시 창작으로 가득차 있다. 그 열매들 또한 반짝반짝 빛나는 보석으로 자리잡는다.

자유시 한 편 한 편, 7.5조 시의 한 행 한 행, 시조의 리듬 한 자락 한 자락, 모두 보석이 되어 독자들의 가슴을 울려준다. 아름답다. 찬란하다. 의미 깊다.

지금까지의 이인환 시인의 창작 생활은 시작에 불과하다. 벌써 제2시집의 집필에 들어간 그녀의 시 창작

의 세계가 점점 더 기대가 된다. 어디까지 그녀의 시향
은 번져갈 것인가. 어디까지 시의 멋을 펼쳐 나갈 것인
가. 기다려진다. 만나고 싶다.

　이인환 시인의 시를 맛보고 감상하고 감싸 안은 독
자들은 행복하다. 좋은 시를 만나 인사하고 안부를 묻
고 얼싸안고 감동 받는 모습처럼 좋은 인간의 모습도
드물 테니까. 시와 인간은 아주 떼려야 뗄 수 없는 긴
밀한 관계이다. 시는 인간의 존재 이유를 떠받쳐 주는
발판 중 하나이다. 시를 모르고, 시를 외면하고, 시 창
작하지 않고 살아가는 인생을 결코 추천하고 싶지 않
다. 시가 주는 혜택을 누리지 못하고 살아가는 인생은
서글플 테니까.

　이제 우리는 이인환 제1시집의 아름다운 시 세계를
산책하여 얻은 상큼함 못지않게 이인환 제2시집의 출
간을 벌써부터 기대해 본다. 그 역시 아름답고 가치 있
고 의미 깊을 테니까.

- 꽃샘추위가 끝나고 너도나도 활짝 피어나는 봄꽃들의 웃음소리를 들으며
한실 문예창작 지도 교수 박덕은
(문학박사, 문학평론가, 시인, 소설가, 동화작가, 희곡작가, 화가, 사진작가)

작가의 말

문단 데뷔의 환희, 뜨겁던 그 감동이
여전히 설렘의 가슴으로 뛰고 있는데
서산마루 걸린 영롱한 햇빛 아래서
첫 시집 출간의 꿈결 같은 선물은 그야말로 눈물빛
입니다.

물고기가 물을 떠나선 살 수 없듯이
이젠 건강이 허락하는 날까지
맑은 활력소 공급받아
짧은 여정 소중히 아끼며 문학 안에서 살고 싶습니다.

무심히 흘려보낸 회한의 아픔을 치유하기엔
아직도 너무나 사색의 여백이 부족하지만
이후 꿈도 사랑도 더 붉은 심장의 눈물로
끌어안으렵니다.

사무치는 그리움이 외로움 불러
행복한 순간의 희열 앞에서
기쁨으로 함께 웁니다만

세상에 남기고 갈 단 하나의 추억,
그 품에서 다시 성장의 끈을 붙잡으렵니다.

　격려 아끼지 않고 여기까지 다정히 손잡아 이끌어 주
신 한실 문예창작 지도 교수 박덕은 박사님께 무한한 고
마움을 바칩니다.
　그리고, 응원해 주신 가족과 모든 한실 문예창작 포시
런 문학회 문우님들과 아프리카TV "낭만대통령의 문학
토크" 문우들, 또 예쁘게 시집을 꾸며 준 서영출판사에
게도 진심으로 감사드립니다.

2016년 5월
꿈빛이 너울너울 손짓하는 찬란한 봄의 길목에서
시인 이인환

이 인 환

박덕은

차라리
성장을 멈추고
여린 마음으로
동산의 꽃밭이 되어 버린
그대

눈물로만
꽃들을 키우고
시시때때로 노래 불러
별빛 달빛까지 잠재우곤 하는
그대

아직도 이루지 못한
첫사랑이 안타까워
추억의 호숫가를 떠나지 못한 채
여명까지 마냥 맴도는
그대

밤새 토해낸 독백들을
도로 삼키고 또 삼켜
찬란하고도 신비로운
시꽃으로 빚어내는
그대

너무나 순수하여
사랑의 속살이
되어 버린 가슴으로
날마다
시의 성벽을 쌓아 가는
그대

이제는 돌아와
조금은 빈 바람소리로
삶의 잔챙이들을 선반 위에 올려놓고
어느 누구도 넘보지 못한
창작의 열기 위에
구수함을 굽고 있는
그대.

차 례

1장 — 입술 타령

2장 — 기억하니 예쁜 새야

그리움 머문 자리

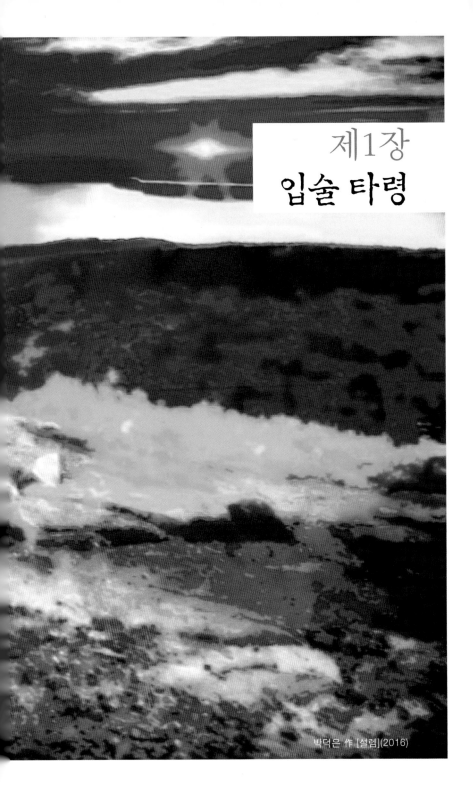

제1장
입술 타령

박덕은 作 [설렘](2016)

어느 겨울날

산자락향 품은 오솔길
휘몰아친 비바람 눈물 되어
우산 속 눈망울에 물안개 피네

허기진 숨결 목이 메어
토해내는 그리움
사랑한 적 없었다
주문처럼 되뇌이면 잊혀지려나.

■ 그리움 머문 자리

박덕은 作 [어느 겨울날](2016)

겨울비

한 장의 외로운 세월이
산허리 휘돌아가는 날
갈바람 스쳐간 호젓한 창공
무슨 미련이 남았기에
저리도 시린 눈물 흘리나

운치도 그리움도
밀려간 회색빛 거리
빗방울 차디찬 길목에
추위에 지친 애처로움이여

빗소리 속삭이는 카페 창가에서
고운 님 환한 미소
그 숨결 마시며
향긋한 추억 고이 담아
보고픔만큼 사랑하고파.

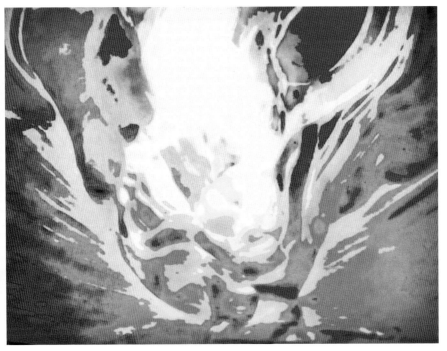

박덕은 作 [향긋한 추억](2016)

겨울 길목에서

푸르름 수놓았던 산자락 숲길 따라
낙엽 진 나목 사이로 드러난 속살
수줍은 듯 웅크린 모습

새들도 개구리도 풀벌레도
물소리까지도 끊어진
쓸쓸한 자리에
사색 머문 자욱만 가득

아련히 바라본
푸른 물위에 걸쳐진 설렘
감동으로 스민다

강물이랑 다정히 손잡고
짙은 그리움 흐르는 창가에서
카페라떼 한 잔에
물결 차마 떠나지 못한 정
해질녘 밤꽃 필 때 손 흔든다

별빛도 달빛도 따르지 않는

숨죽인 차창
추억의 눈물 모아
노래하는
환상의 강변에서.

박덕은 作 [겨울 길목에서](2016)

그리움 · 1

함박눈 이별 춤추며
하얀 열정 태우면

애틋한 추억 찾아
설렘의 숨결 안고

오층탑 난간 위에
빈 의자 홀로 앉아

빈 가슴 물속에 잠겨
아픈 눈물 씻는다.

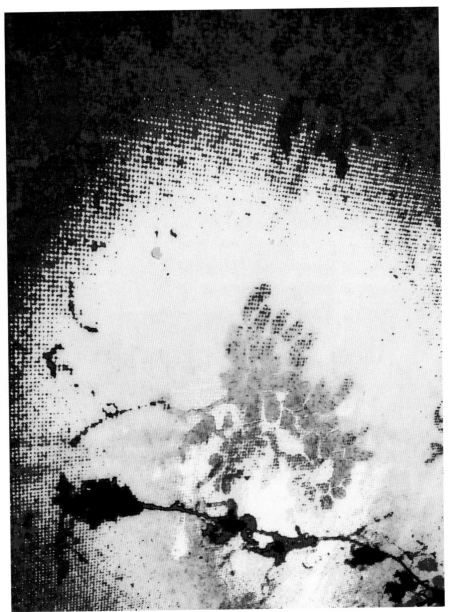

박덕은 作 [그리움·1](2016)

그리움 · 2

꿈처럼 짧은 여정 선물로 받아
정겨운 산모롱이 둥지 틀었네
그리워라 그 풍광 눈물나도록
허둥지둥한 연륙 노을로 서서
보고픔 젖어들어 바라본 정아

마음결 한 자락에 안겨온 설렘
오호라 숨은 열정 스쳐갔건만
이제야 아롱거려 가슴 흔드나
애틋한 그 인연과 쌓여진 추억
곁에만 있어 줘도 벅찬 사랑아

깊은 밤 창 흔들어 찾아온 바람
행여나 님의 발길 서성임인가
하얀 밤 고요 안에 스며든 숨결
숨죽여 온몸 가득 채워논 채로
그대가 오는 길목 기다리려네.

그리움 머문 자리

박덕은 作 [그리움 · 2](2016)

그리움 · 3

멈춰 버린 듯한
텅 빈 감각
한 발자국도 옮길 수 없어
살포시 손바닥에 올려놓는다

향긋한 속삭임
확인하고 싶어
가냘픈 심장 끌어안고
강변길 달린다

코스모스 환희도
들국화의 애처로움도
포근히 품에 안고

잔잔히 일렁이는
노을진 보고픔 달래며
팔딱거리는 전율 위에
멈춰선 발걸음 휘감아

막힌 핏줄 열어
물결 붉게 물들이는
꿈을 울부짖으며.

박덕은 作 [그리움 · 3](2016)

미련

하얗게 지새운 밤 그리움 따라
애달픈 숨결마다 회한에 쌓여
남겨진 빈자리가 너무 아파서
보고파 외로운 맘 설움 토하네

붉은 심장 푸르게 채색되는 날
어찌하나 사랑아 못다 한 정을
펼쳐진 한순간을 잡지 못한 채
어이해 멀어지나 꿈의 뜨락아.

박덕은 作 [미련](2016)

겨울비

수없이 머물다 간 인연의 무게
지쳐서 아린 가슴 나목에 앉아
토닥이며 서럽게 손잡고 우네
따스한 여린 심성 눈물 흘리며
바람의 인연으로 함께한 사랑
물기 젖은 발자욱 고이 남기며
추억의 그리움만 쌓여져 가네.

박덕은 作 [인연의 무게](2016)

폭포

붉은 정 물들이고파
낭떠러지에 부딪혀
하얗게 울부짖는
서러운 음률

바위와 물풀에 휘감겨 돌며
새소리 바람소리 불러 모아
손길 잡고 흘러내리네
가슴속 새긴 님 오는 그날까지

장미꽃 열정의 계절에도
쏟아지는
애틋한 숨결 소리

창공에서 내려준 물기둥 잡고
활짝 핀 무지개 자락에 안겨
눈부시게 빛나네

사무친 꽃향기 스미는
찬란한 봄날

안타까운 기다림의 물결 타고서.

박덕은 作 [폭포](2016)

설원 단상

여전히 머무는 정 계절의 길목
함박눈 소복소복 쌓여져 가네
보고파 가고 싶다 그대 가슴밭
숨결처럼 뛰는 맘 그리움 함께
홍매화 드레스도 춤추는 달밤

눈보라 모진 떨림 대나무 숲속
아린 추억 묻고 온 수년 기도 탑
온갖 욕심 비운 채 푸른 정절로
마디마디 힘차게 뻗어 나가네
그 길 따라 가고파 함께 손잡고

파도 소리 선율 탄 예쁜 바닷가
고독의 아름다움 품은 바다섬
붉은 열정 한아름 품에 안고서
새하얀 눈꽃 모자 동백 보금터
오늘은 고백하리 불 같은 사랑.

박덕은 作 [아린 추억](2016)

나의 추억

꽃바람 가슴 스미는 날
먼 보고픔 하나
유난히 깊고
흐린 물안개로 피어오르면

고요 안에 잠자며
쫑쫑 썬 여린 뽕잎
꼬물꼬물 뜯어먹는다

어느새 하얀 몸 예쁘게 단장하고
가지째 누운 잎새 옹기종기 달라붙어
여름날 우렁찬 빗소리 음률로
마지막 성찬 싱그럽게 펼친다
홀로 친친 감은 몸 누에고치 되어

모정의 물레 손길 비단실 뽑아낼 때
뜨거운 물속에서 데굴데굴 뒹굴며
순백의 휘감긴 드레스 한 올씩 풀어간다
애틋한 정 남긴 채.

박덕은 作 [나의 추억](2016)

잊지 말아요

바라기 열정의 꿈 붉게 태우며
꺼진 등 다시 켜서 꽃피운 환희
못다 한 사무친 정 고이 간직해
새콤달콤 음률로 수놓은 길에
오늘도 손길 그만 놓으라 하네

감동 담은 예쁜 집 산밑에 지어
눈보라 휘몰아쳐 창 흔드는 밤
모든 방에 모조리 불 밝혀 놓고
하염없이 누구를 기다리는가

서러움 삼키던 날 다독여 준 님
그제야 아린 심장 끌어안고서
힘겨워 타는 숨결 하얀 순정아
가녀린 수초꽃은 목이 메이고
사무친 그리움만 너울거리네.

박덕은 作 [잊지 말아요](2016)

사랑

어느 날 살포시
가슴 가득 채워 버린
설렘의 소용돌이

수갈래 색깔로 외치는
벅찬 숨결의
쓰린 알림종

세상 움직임까지
깊은 공간에서 실어내어
머물게 하는 휴식처

시시때때로 파고드는
고뇌의
애절한 울부짖음

파도치듯
출렁이는
고독의 함성

정적 깨뜨리며
청각을 뒤흔드는
요란스런 천둥소리

기뻐도 행복해도
슬퍼도 아파도
오로지 하나

너무나 보고 싶어
미칠 듯 그리워서 움켜쥔
심장의 불꽃

쏟아지는 폭포수에 발 담근 채
타오르는 갈증 멈추고
그리움과 함께하는
어느 숲 계곡의 고요.

박덕은 作 [사랑](2016)

연인의 이별

작달비 휘몰아쳐 시냇물 되네
가로등 슬픈 길목 쏟아져 내려
추억길 한 모퉁이 장미 한 송이
싱그런 푸른 옷깃 붉은 수줍음
빗속에 홀로 누워 서럽게 우네

어쩌나 겪어야 할 하얀 그리움
애타게 아픔 안고 기다리다가
보고파 되뇌이며 목메이는데
함께한 쌓인 날들 어찌하라고
쓸쓸히 손 흔들며 떠난 연정아

오고간 감성 눈길 가슴에 스며
곁에만 맴돌아도 애틋한 인연
순백의 고운 열정 아쉬움 묻고
서글픔 토해내며 울부짖는 맘
돌아서 안고 싶어 우는 사랑아.

박덕은 作 [이별](2016)

머물러 살고 싶다

머물러 살고 싶다
바람결 따라 겨울숲 뒹굴며
아직 퇴색되지 않은 단풍잎처럼
속삭이듯 울부짖으며

봄빛 머금은 꿈향기도
푸른 유혹의 짜릿함도
낭만조차 껴안아 보지 못한
애틋한 여정의 갈증도
이제는 뼛속까지 시려

순응 못할 아픔을
끊임없이 내뱉는 독백일지라도
여기 머물러 살고 싶다

서산마루 붉게 물들어 스며든
작은 계곡 폭포수 옆에
너무나 아름다워 서글픈
시심의 집 한 채 지어 놓고

사랑도 그리움도 추억도
감동빛 선율로 보고픔의 물결에 띄우며
조용히 머물러 살고 싶다.

박덕은 作 [단풍잎처럼](2016)

친구야

석양빛 여정에서
아스라이 묻혀져 갈
세월의 숲 한 자락 움켜잡는다

얼싸안고 반기는 눈길은
모습마다 안녕을 읽으며
오찬의 행복에 진한 정 섞는다

숙명의 쓸쓸한 하차역
오가던 인연 다 떠나도
먼저 내린 그리움에게
손 흔들며 울어 줄 우정과 함께.

박덕은 作 [친구야](2016)

가을아 단풍아 낙엽아

마주 서서 웃고 우는 교차로에
두 손길 잡은 애틋한 노래여
밤길 옷깃 여민 바람 타고
발자국 소리조차 고요히 숨죽인다

시린 가슴 애타게 두드리며
타들어 가는 숨결 말없이
방울방울 밤새워
그 얼마나 눈우물 채우려나

흩날려 서럽게 울다 지쳐
홀연히 낙엽으로 떠나는 날
아직도 머물러 있는 아름다움
감동으로 가슴에 안으리

사랑만 하다 가도 못다 한 여정길
헤어짐은 차마 하지 말자
깊은 가슴 안에서.

박덕은 作 [가을아 단풍아 낙엽아](2016)

호숫가 예쁜 집

계절 따라 형형색색
가슴에 담아
연분홍 봄바람으로
꽃피우는 곳

출렁이는 물결 위에
드러낸 속살
깔깔대는 수줍음이
강물처럼 흐르는 곳

스산한 가을바람 위에
덧칠하는 숨결 소리 가빠지면
낭만이 별빛으로 찬란히 쏟아지는 곳

소복이 눈 덮인 달밤
하얀 그리움이
부엉이로 울부짖는 곳

숙박 예정일도 없이
여장 풀고 외로이 머무는
슬프도록 아름다운 곳.

박덕은 作 [호숫가](2016)

가을 끝에서

스치는 순간 한 자락도 잡지 못하고
남은 계절 내내
움켜쥔 손마디 너무 아파

여정의 길손
걸음 걸음
어이 그리 바쁘던가

햇살 머무는 환상의 뜨락에서
입맞춤의 열정
나누지도 못한 채

연민의
아롱진 설움빛 가슴만
무겁게 젖어가고 있다

고이 잠들어 가는
아름다운 슬픔 깃든 오솔길에서
볕살 갈대숲에서
하늘 향해 고백하리

그대 결코 보내지 않으리
차곡차곡 새겨 가슴에 쌓아
곱게 간직한 사랑이여

고독을 청정수로 씻어내고
꿈꾸는 시향 드나드는
별빛 창가에서
언제까지나 함께 살아 숨쉬리.

박덕은 作 [가을 끝에서](2016)

연서

파도에 피어난 꽃 물망초 향기
어스름 수평선에 외쳐 부르면
그대 생각 지나는 가슴길 열려

한 바퀴 등대 불빛 비추는 곳에
그리움 안고 있는 유혹의 소리
기다릴게 언제나 숨쉴 때까지

갈빛 추억 묻히는 시월의 언덕
뜨거운 숨결 모은 포근한 품안
부디 잊지 말아요 그리움아
별빛이 물결 위에 젖어든 밤일지라도.

박덕은 作 [연서](2016)

꽃다발

그대여 아나요
아름다움을
듬뿍 품고 있는 자신을

어쩌면
숱한 향기로 피어나 사라지는
여정인 것을

그리움도 보고픔도
강렬한 향으로 내뿜어
아픔을 준다는 걸

아파도
송이송이 모아야 하는
의미를

하루 하루
애타는 숨결도
사랑임을.

박덕은 作 [꽃다발](2016)

물안개

굽이굽이 돌아가는
초록빛 산모롱이에
뇌성과 폭우 요란하면
잠시 자동차는 쉬어간다

빗속에 취해 겹겹이 싸여
뜨거운 숨결 짓누르는
심장 소리

한 영혼의 휴식이 끝날 때쯤
비 멈춘 하늘 바라본다

정적 휘감아 흐르는
애틋한 그리움 안고서

마냥 그렇게 살고 싶다
걷히어진 눈부심을
더 아프게 만날까 봐.

박덕은 作 [심장 소리](2016)

코스모스

물풀향 출렁이는 호수와
꿈 영그는 초록 들녘에서 피어난
애틋한 연둣빛 순결이여

하늘거리는 설렘들을
팔딱거리는 숨결로
삼킬 수 있는 하늘 닮고 싶어

갈빛 꽃향 날리며
온종일 발돋움의 아픈 신음
바람의 자장가로
하얀 밤을 토닥이다

너무나 사무쳐 너무나 그리워
붉은 눈물 묻어 놓은
호숫가 애절한 보고픔도
홀로 물안개 되어 피어난다

찬란하게 익어가는 들녘 품에 안겨
오랜 기다림의 열정 꽃피우는
황홀한 입맞춤의 환희여.

박덕은 作 [코스모스](2016)

숲속 그 집

향기로운 속삭임
토해내지 못해 움켜쥔

더이상 타오를 수도
꺼질 수도 없는

얼지도 녹지도 못한 채
멈춰선

굽이굽이 추억 열차 머무는 낭만이 꿈꾸고
장밋빛 그리움 숨쉬는

사색의 발걸음도 쉬었다 가는
슬프도록 아름다운.

박덕은 作 [숲속 그 집](2016)

돌담의 향수

골목 모퉁이에 웅크리고 앉아
밤하늘 별을 헤는
아픈 심장 속 그림자 추억

허물어진 담장 안 뒤안길
개울가에 핀 하얀 찔레꽃
쑥쑥 뽑은 언덕배기 삐비의 속살

지금도 입안 가득 맴돌다
아련히 향수되어 잠기는
먼 동화 속 애틋한 그리움.

박덕은 作 [그림자 추억](2016)

오키나와 휴양지

푸르른 순수 머리에 이고
순백의 꽃구름
발아래 펼쳐 놓은

깊은 가슴 흔들어
눈물빛 슬픈 아름다움
안겨 주는

꿈과 낭만을 나르고
청순함만이
존재하는

길게 뻗은 해안 따라
코끼리바위에
파도 소리 구슬픈

에메랄드빛 바닷가에서
영혼마저
서럽게 울어 버린

소용돌이치는
감정의 흐느낌
심장을 타고 흐르는.

박덕은 作 [휴양지](2016)

연가

호수 닮은 푸른 하늘에
구름 미소 받으며
꿈 같은 산자락
집 뜨락에서

눈부신 비 머금고
그대에게 바칠 순결한 꽃송이
뛰는 숨결 모아
곱게 가꾸었지요

이젠 살포시 다가와
품어주고 지켜주오
그리던 품에서
그대와 더불어 나눈 정
오래도록 품을래요

어느 날 불현듯
떠나 버리면
언젠가 돌아오리라는
애절한 기다림을 시작하리다

행여 영영
돌아오지 않을지라도
그리움으로
영원히 기다릴래요

짧은 추억 하나
가슴에 고이 담은 채
슬픈 모습으로
애잔한 사랑 부르며.

박덕은 作 [연가](2016)

유니콘

열정의 불꽃 향해
치달려 가는
그 지독한 사랑

나는 안다
너의 그 사나움을
나는 안다
너의 그 내면을

오직 처녀 앞에선
한없이 약해져
무릎 베고 잘 만큼
열정의 사랑이란 걸

난 보고 싶지 않구나
네 열정의 대상이
기다리지 않을 땐
너의 아름다움이
좌절해 일그러지는 모습을.

박덕은 作 [지독한 사랑](2016)

꽃 선물

나에게 그것은
그리움이며 설렘

한 번도 경험할 수 없었던
환희의 순간

까마득히 잊고 살았던
놓쳐 버린 꿈

이제야 눈물꽃 되어
가슴 찢는다

시시때때로 북받치는
서럽고 억울한 마음

가슴으로 꾹꾹
눌러 삼키며

꿈꽃
활짝 피는 날

그 진정한 선물
영혼에 품고

나 그제서야
목놓아 통곡하리.

박덕은 作 [꽃 선물](2016)

사랑의 징표

꿈꾸듯 달빛 흐르는
강가 카페 창가에
그리움으로 가득 채워진
두 개의 찻잔

그 티 없는 겨울밤 하늘에
유난히도 빛나는
별과 달이 함께 어우러져
놀던 일월의 끝자락

넘치는 애틋함 담은
찻잔 옆에
징표 남겨 두었어요

애태우며
방향 못 찾기에
환한 빛으로
마음 다독여 주었지요

눈물의 의미는

가슴을 포근히
함께 감싸 주었고

이 세상에 단 하나뿐인
가장 아름다운
장미꽃 추억도
품어 주었지요.

박덕은 作 [사랑의 징표](2016)

성에

한겨울밤
못다 한
사랑의 눈물

창가에
수줍은 듯
내려앉는다

견딜 수 없는 그리움에
너무 보고 싶어
함께 느끼고 싶어

그 창에 얼굴 묻고
하염없이
운다

아픈 눈물까지
얼어붙어
고백이 더욱 애절하다

이대로 영원히
멈추어다오
봄은 다시 오지 말아라.

박덕은 作 [사랑의 눈물](2016)

사랑 노래

바닷가 절벽 위에
우뚝 솟은 청송
아래

서로를 향한
두 그리움이 만나
시 쓰고 싶어하는
사랑으로 운다

그 모습 너무 예뻐
눈물 고인 하늘이
내려 준
송이 송이 눈꽃송이

목숨 다해 피워 올렸던
순결한 마지막 열정의
그 하얀 불꽃

못다 한 애틋한 사랑
못다 이룬 한 맺힌 꿈

오늘 이곳에 내려와
잠시 머물다 가다오.

박덕은 作 [사랑 노래](2016)

물망초

출입 금지란 나무 빗장 옆으로
살짝 비집고 들어서면
푸른 연잎이 떠 있는
조그만 연못가 물속에
예쁜 청개구리와
작은 물고기들을 벗삼아
외로움 달래는
내 닉네임이
기다리고 있어요

그와 나의 뜨거운 입맞춤
숨결은 떨리고
가슴속 눈물은
꽃잎에 뚝뚝 떨어져
만남과 이별의 기쁨과 슬픔이
소리 없는 통곡으로
함께 울어요.

박덕은 作 [만남과 이별](2016)

동백꽃

아름다운 남쪽 바다
파도 소리 벗하며
찬란히 떠오르는
아침보다는
하루의 끝자락 황혼을
더 사랑하는 작은 섬

그 신비의 섬에서
뿌리내리고
세찬 눈보라 속을 사랑하는
열정의 꽃이여

시린 눈꽃 내밀어
님의 발자국 귀기울이는
너의 모습 애잔하구나

통꽃의 낙화로
융단길 만들어
그 길 밟고 님이 찾아오기를
기다리는 애틋함이여.

박덕은 作 [파도 소리](2016)

입술 타령

영혼 담은 너의 입술이여
세상 어느 여인의 입술이
감히 너를 추종할 수 있으리

너의 입술은
사랑하고 싶을 만큼 아름답구나

마음속엔
수많은 감정의 향기가
함께 어우러져 살고 있으니

부디
너의 입술로
곱게 곱게 꽃피어다오

사랑의 향기엔 그리움의
눈빛을
기쁨의 향기엔 활짝 핀
눈길을
꽃피어다오.

박덕은 作 [사랑의 향기](2016)

강변의 노을

누굴
찾아왔을까

눈물겹도록 닮고픈
아름다움으로

라일락향보다
더 짙은 가슴꽃으로

영원히 지지 않을
사랑의 속살로

보이지 않아도 느낄 수 있는
애틋함으로

영롱한 추억길 따라
띄우는 붉은 정으로

멀고 먼
그리움 머무는 곳까지.

박덕은 作 [강변의 노을](2016)

이별 후

가슴 뛰게 한 설렘
그 감격 여운 품고
강변에 서네

하얀 정 손 놓지 못한 채
맴도는 찬바람과 함께
갈림길에서 설움 토하며

추억아 그리움아
팔 벌려 잡은 손길아
이제라도 포옹해 다오.

박덕은 作 [이별 후](2016)

제2장
기억하니 예쁜 새야

박덕은 作 [단풍](2016)

연가 · 1

외로운 나뭇가지 늘어진 길모퉁이
진종일 서성이며 보고픔 부르건만
메아리 바람결 따라 휘그르르 맴도네

행여나 눈감으면 그 모습 보여질까
솟구쳐 날아올라 허공 속 헤매어도
끝끝내 찾을 수 없어 아린 눈물 삼키네

호수의 푸른 물결 얼음옷 차려입고
자욱이 추억 묻어 쌓아 논 사색숲에
또다시 돌아올 봄날 님 마중길 설레네.

박덕은 作 [연가 · 1](2016)

연가 · 2

수호신 돌담장 안 묵묵히 지켜 주는
민족향 모여드는 덕수궁 뜨락에서
늠름한 선조의 모습 그려 보는 후손아

잎과 꽃 따로 피니 그 모습 볼 수 없어
못 맺을 인연 품고 한평생 아파하는
한 맺힌 상사화 사랑 어찌하나 연인아

단풍잎 흩날리어 뒹굴며 흐느껴도
낙엽의 신음 소리 짓밟힌 함성에도
설렘 속 영원한 불꽃 태우고픈 사랑아.

박덕은 作 [연가 · 2](2016)

연가 · 3

해종일 서성이다 황혼녘 드리워져
살포시 스민 햇살 머물다 떠난 뜨락
은은히 낭만 손잡고 설렘 가득 안기네

포근히 품은 숨결 토해낸 붉은 고백
남쪽 섬 눈꽃 속에 피어난 동백처럼
목말라 사모하는 맘 그리워서 왔다네

하얗게 깔린 마음 눈부신 추억길에
가슴속 타는 듯한 그리움 뿌려 놓고
취한 듯 겨울 호숫가 주저앉아 운다네.

박덕은 作 [연가 · 3](2016)

기차 여행

순수토록 빚어진 고운 자태로
사계절 추억의 길 정적 울리네
계절마저 놓친 채 시린 몸 자라
긴긴 터널 헤이며 스쳐온 날들
깊숙이 심은 온정 얼마이런가

겹겹이 쌓인 세월 가슴앓이도
뒤돌아 다시 보니 아린 보고픔
애절히 심장 저민 한 조각 상념
마주한 만남조차 달리는 차창
그 옛날 기적 소리 가슴에 담네

애증의 뜨락에서 울먹인 정아
갈대밭 소슬바람 손짓하는 날
절절히 사랑 하나 고이 품고서
영원한 수면 여정 떠나고 싶어
엮어진 최후 인연 손잡고 가네.

박덕은 作 [기차 여행](2016)

강자락에 안긴 섬

밤새워 설렘 모아 맘단장 곱게 하고
꽃눈길 반짝이며 애틋이 바라보네
외로이 섬 기슭에서 여린 여명 그리며

물안개 펼친 풍광 향내로 피어올라
오늘도 길 막힌 채 흘리네 시린 눈물
강 너머 그리움 행렬 오롯하게 반기며

해맑은 겨울 햇살 찬바람 토닥일 때
강물결 긴긴 선율 윤슬에 몸 비비고
봄소식 벚꽃숲 터널 간절한 꿈 거니네.

박덕은 作 [강자락](2016)

그리움 머문 자리 · 1

하늘가 새 한 마리 바람결 따라가다
날갯짓 애처롭게 살포시 앉고 보니
물안개 가득 품은 산 두렵기만 하구나

푸르게 솟아올라 향내음 머리 이고
보고픔 얼싸안고 사랑꽃 곱게 피워
겹겹이 돌고 돌아서 단잠 자고 싶어라

별빛길 산모롱이 외롭고 쓸쓸해서
천천히 가는 길목 서러워 멈추는가
날아라 산 정상까지 추억 남길 때까지.

박덕은 作 [그리움 머문 자리 · 1](2016)

그리움 머문 자리 · 2

푸른 빛 낭만의 꽃 열정에 가슴 설레
사계절 텃새 되어 호숫가 터전 잡아
보고파 첫사랑의 꿈 안아 보네 은은히

달빛에 물든 향기 별하늘 헤매 돌다
정다이 기댄 품에 포근히 잠든 시간
멀어라 그대 좇는 길 아프도록 날아도

그토록 사무친 맘 문 열어 애태워도
애절히 솟아올라 맴돌다 돌아오네
그 추억 안타까운 님 어이 두고 가려나.

박덕은 作 [그리움 머문 자리 · 2](2016)

선창가

자욱이 새벽 안개 여명빛 품은 아침
어판장 빠져나와 좌판대 작은 바다
물고기 파닥거리며 울부짖네 애틋이

푸른 물 파도 타고 마음껏 춤추던 곳
맛과 멋 찾는 발길 그 앞에 우뚝 설 때
어이타 잡혀 들어와 설운 눈물 흘리나

항구의 외진 곳에 뱃고동 울음소리
고향길 그리워서 인기척 피하느라
죽은 듯 엎드린 채로 서글픔을 곱씹네.

박덕은 作 [작은 바다](2016)

날고 싶다

푸르름 나래 펴서 정든 님 손길 잡고
향그런 산등성이 위에서 춤을 추네
어얼싸 설렘의 숨결 불태우며 두둥실

한 마리 작은 새야 어쩌다 사랑 잃고
차디찬 하늘 날며 설원에 홀로 우나
그리운 추억 한 자락 가물가물 어리네

산 너머 붉은 연민 새벽깃 물들여도
보고픔 사무쳐서 날갯짓 퍼덕이네
바람아 날게 해다오 님 가슴에 붙어서.

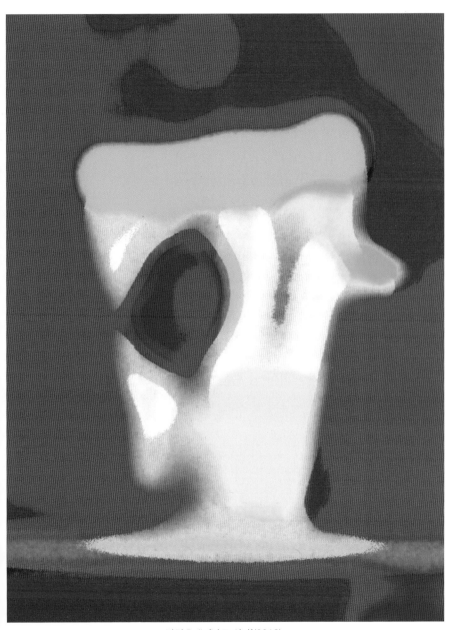

박덕은 作 [날고 싶다](2016)

설중매

고운 님 보고파서 숭고히 지킨 정절
꽃향기 설원 따라 달 아래 거닐었네
밤마다 붉은 그리움 목메이게 부르며

시심의 선비 정신 따스이 햇살 받아
눈보라 언 땅 위에 추억꽃 곱게 피네
청초히 봄의 전령사 맑은 숨결 뿜으며

그 자태 고고하게 첫사랑 단장하며
오늘도 사뿐사뿐 눈숲속 달빛 품어
애틋이 꽃등불 되어 님 오는 길 밝히네.

박덕은 作 [봄의 전령사](2016)

겨울 호숫가

연인의 설렘 고백 머물다 떠난 자리
애틋한 물안개로 자욱이 피우는 정
함박눈 하얀 드레스 송이송이 휘감네

아릿한 사색 눈물 가득히 모아 놓고
한 마리 철새 되어 먼먼 길 떠도는 님
행여나 그리움 찾아 소식 안고 오려나

하얀 꿈 열정 피워 해맑게 춤추면서
푸른 숲 물그림자 숨결로 듬뿍 채워
붉은 맘 한 송이 피워 물결 위에 띄우네.

박덕은 作 [겨울 호숫가](2016)

기찻길

여태껏 불꽃으로 피우지 못한 인연
다정히 잡은 손길 달콤히 느끼면서
언제나 함께 가는 길 보석처럼 빛나네

은은히 감춘 열정 뜨겁게 활활 태워
눈길로 오가는 정 살포시 휘감으니
그 향기 포근한 숨결 세월보다 진하네

어쩌다 깊은 숲길 찬란히 손짓할 때
서로의 뛰는 심장 지긋이 다독이며
애틋이 어루만진 맘 눈물겹게 삼키네.

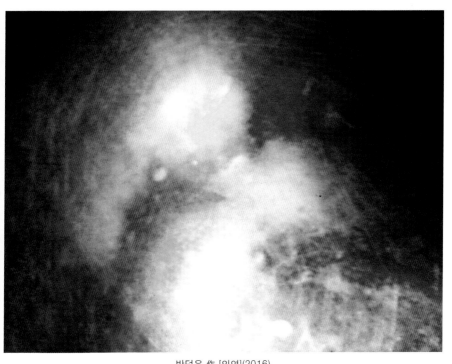

박덕은 作 [인연](2016)

할미꽃

바스락 낙엽 소리 발자욱 따라 울고
양지녘 푸른 꿈빛 산비탈 돌아서니
다람쥐 계절 깨우며 님 마중길 노니네

목말라 애타는 맘 갈잎의 아픈 숨결
가득히 밝은 햇살 풀향기 뿜어내니
바위 옆 흙더미 속에 꽃 한 송이 숨었네

자주색 여린 꽃잎 샛노란 열정 품고
그리움 기다리다 굽어져 슬픈 허리
애달픈 어머니 모습 이곳에서 만나네.

박덕은 作 [푸른 꿈빛](2016)

동백꽃

남쪽 섬 푸른 파도 바다향 일렁이며
찬란한 열정의 꽃 불타는 집 지었네
사무쳐 불러보는 정 어이하나 여심아

사계절 상록수로 푸르름 절조 지켜
그 품안 고이 안겨 숨결꽃 곱게 피워
보고픈 님 마중길에 설렌 숨결 뛰노네

마음에 얼음 풀려 봄내음 풍길 때쯤
떨어진 통꽃으로 그리움 시드는 날
설운 님 붉은 융단길 아픔 딛고 가누나.

박덕은 作 [봄내음](2016)

동백숲 등대

다도해 파도 따라 설레임 다다른 곳
바다향 품고 자라 쑥내음 그윽하네
등대섬 하룻밤 여정 행복 물결 일렁일렁

어둔 밤 뱃길 안내 초롱빛 등대지기
외로움 밟고 서서 바다섬 수호하네
동백꽃 붉은 융단길 만나자던 추억아

큰 문인 정든 고향 그리워 거문도네
태곳적 생태숲길 관백정 전망대로
사랑꽃 한아름 안고 가고파라 가고파.

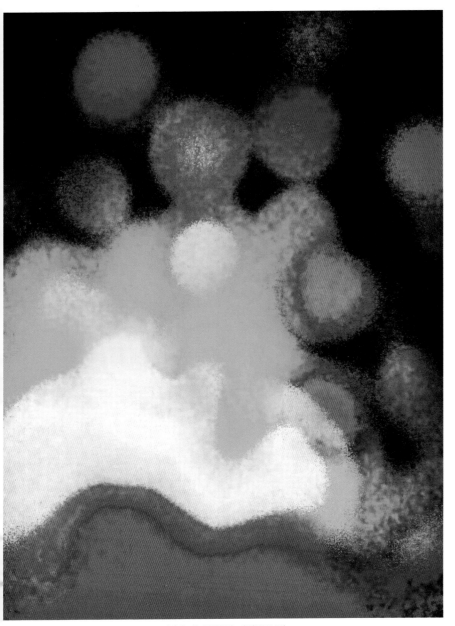

박덕은 作 [하룻밤 여정](2016)

물방울 사랑

찬바람 휘몰아쳐 단풍잎 떠난 자리
보타진 열정 위에 살포시 내려앉아
겨울비 한아름 가득 거친 숨결 적시네

여명의 햇살 받아 목마름 타오르고
오색빛 방울방울 서러움 젖어 울 때
추억 속 따스한 모습 입맞추고 떠나네

어쩌나 어찌하나 그리움 스며드니
동백꽃 고이 지켜 봄날로 살고 싶네
함박눈 어여삐 얼려 님 향기랑 영원히.

박덕은 作 [물방울 사랑](2016)

구름은 바람 타고

산기슭 수국화길 스쳐간 아린 정아
짙은 향 바치고파 지샌 밤 얼마련가
다시 또 오지 않을 님 애타도록 그리네

산바람 구름 따라 해맑게 미소 띠며
노을빛 강가에서 그리움 품은 사랑
살며시 하늘에 올라 예쁜 추억 되려네

향긋함 잊지 못해 별빛길 수놓으며
숨결 속 깊은 자리 애달피 부르노라
이제야 꽃구름 되어 얼싸안고 울면서.

박덕은 作 [구름은 바람 타고](2016)

모정

소나기 쏟아질 때 길 잃어 날으는 벌
노란 팔 활짝 벌려 꼭 안고 품어준 님
이파리 씨앗까지도 다 떼내고 떠나네

오솔길 쓰러진 후 서러움 받아내며
얽혀진 추억 아픔 껴안아 울고 웃다
속까지 퍼내어 준 뒤 하늘 멀리 날으네

창공길 첫 눈송이 환희로 내리는 날
그리움 깃든 향내 목메어 삼키고서
보고픔 첫사랑처럼 불러 보네 애틋이.

박덕은 作 [모정](2016)

오솔길

새소리 나래 타고 설렘과 속삭이며
저 너머 산모롱이 열정꽃 활짝 핀 길
절절절 향수의 선율 폭포 되어 흐르네

동산의 아름다움 꿈처럼 피어나고
영원히 꿈틀꿈틀 내면숲 키워내어
아프게 메마른 가슴 영혼처럼 달래네

우뚝 선 반석 위에 예술혼 지은 손길
찬란히 승화시켜 온누리 그리움들
사계절 품자락마다 수채화길 펼치네.

박덕은 作 [오솔길](2016)

기억하니 예쁜 새야

가을빛 향기 따라 그리움 멀어지고
전철역 높은 계단 사색 위 내려앉아
한강변 머물고 싶어 가는 길목 들렀나

파르르 떠는 심장 손 모아 품어 줬지
보고픔 찾아 헤맨 첫사랑 애처로워
한 인연 날려보냈네 정든 마음 울면서

고백의 숨결 닮은 가슴팍 열린다면
언젠가 훨훨 날아 그 품안 찾아갈까
먼 하늘 우러러보며 그대 모습 그리네.

박덕은 作 [기억하니 예쁜 새야](2016)

가을 연가

짙어진 갈빛 햇살 스며든 곳곳마다
마지막 몰아쉬는 애틋한 숨결 소리
서러워 움켜잡은 손 떨고 있는 추억아

오솔길 억새풀밭 황혼빛 눈길 덮어
탈색된 갈증 연정 살포시 잠재우고
계곡숲 산자락 따라 눈물 뿌린 노래여

동백꽃 눈 속에서 불태운 향기처럼
숭고히 맑은 영혼 살아서 숨쉬어 줄
가슴에 열정꽃 피워 높푸른 꿈 펼치네.

박덕은 作 [가을 연가](2016)

그리움 · I

보고파 헤매이는 여정길 돌고 돌다
바다섬 우뚝 솟은 그 모습 만났다네
파도와 사연 나누고 갈매기와 벗하며

외로움 토닥이고 정으로 격려하며
이제야 홀로 지샌 고독옷 벗겨내리
당신과 만날 수 있는 출렁다리 되어서

순수히 담은 절경 꿈동산 건너거든
오는 길 기쁜 소식 한아름 전해 주렴
유난히 달 밝은 밤에 사랑 찾아가려네.

박덕은 作 [그리움 · 1](2016)

그리움 · 2

너무나 사무치게 보고파 찾아온 길
호숫가 물풀들도 갈대밭 풀벌레도
모두들 머리 저으며 고개 돌려 버리네

어미품 떠나보낸 나목의 흐느낌들
빈 둥지 돌아보는 낙엽과 함께 우네
정겨운 다리목에서 손짓하는 추억아

다정히 함께 숨쉴 꿈동산 그려 놓고
애타게 기다려 준 눈밭의 모닥불아
황홀한 숲하늘마저 붉게 물드네.

박덕은 作 [그리움 · 2](2016)

억새꽃

연분홍 벚꽃터널 계곡숲 굽이 돌아
봄햇살 싱그러운 산자락 언덕배기
연둣빛 애틋한 마음 연인 품에 안긴다

초록향 잎사귀들 물소리 목 축이며
새하얀 순결 추억 붉게도 물들인다
못 잊을 달콤한 밀어 속삭이며 정다이

어느 날 백발 되어 애달피 떠나버릴
서러운 바람 인연 슬퍼도 울지 말자
영원한 사랑의 맹세 순정 피운 향기여

단풍철 축제 없고 군락지 아니어도
바람과 햇빛 안고 멋진 날 기다리네
부드런 솜사탕 사랑 다시 만날 새봄을.

박덕은 作 [억새꽃](2016)

갯벌

진흙탕 뒤집어쓴 가여운 모습 되어
싸늘한 품자락에 찬바람 불어와도
뜨겁게 안기고 싶은 바다향의 연인아

노을빛 뛰는 심장 가냘픈 인연의 정
밀물길 진자리에 가득찬 그리움꽃
썰물길 갯벌밭에서 손짓하는 내 님아

보고파 새하얀 밤 지새운 여명 노래
해종일 조개 소라 풍성한 한 상 차림
이제야 해맑은 사랑 그대 품안 일구네.

■ 그리움 머문 자리

박덕은 作 [갯벌](2016)

구름산

하늘가 우주 품고 황홀경 여행 떠나
물안개 휘감겨진 산 정상 올라탔네
놀라운 지구의 신비 가꾸어 낸 솜씨여

온 세상 꽃눈송이 소롯이 새겨 놓고
참사랑 가슴 시려 솜이불 덮고 있나
순수 속 당신의 향기 별천지인 듯하네

정으로 사는 인생 그리움 남겨두면
보고파 어이 하리 기다려 어이 하리
내 영혼 찾을 때까지 천년 세월 지나도.

박덕은 作 [구름산](2016)

바닷가에 핀 연정

가슴속 채워 버린 못다 한 정아 정아
노을 탄 해변에다 모조리 쏟고 싶어
치솟는 심장 폭발음 은빛으로 흐르네

모래톱 붉은 융단 예쁘게 깔아 놓고
탁자 위 커피향과 정다이 마주앉아
밤새워 그리움 위에 하얀 마음 적시네

소롯이 깜빡이는 연분홍 가로등아
푸른 별 소곤대는 호젓한 해안 따라
설렘의 은은한 눈빛 애무하듯 비추렴.

박덕은 作 [연정](2016)

태종대

비탈숲 사이 사이 바다향 품은 절경
오솔길 전망마다 멈춰 선 관광열차
꿈꾸는 황홀경 사랑 연인들의 천국이네

아찔한 바위 절벽 해변의 고운 자갈
돌계단 끝자락에 생명빛 등대까지
애틋이 그리움 젖은 갈매기길 저 멀리

아련한 파도 타고 떠 있는 예쁜 그림
동백섬 품에 안겨 다정히 모여 앉은
옷 벗은 오륙도 신비 추억 속에 잠기네.

박덕은 作 [추억](2016)

한실 문예창작 문우들의 작품집

오늘의 詩選集 Series

오늘의 詩選集 제1권

화장을 지우며
강만순 지음 / 144면

오늘의 詩選集 제2권

또 한 번 스무 살이 되고 싶은 밤
김숙희 지음 / 160면

오늘의 詩選集 제3권

사랑의 빈자리 될까 봐
박완규 지음 / 144면

오늘의 詩選集 제4권

유모차 탄 강아지
김미경 지음 / 112면

오늘의 詩選集 제5권

이 환장할 봄날에
신점식 지음 / 176면

오늘의 詩選集 제6권

작아지고 싶다
주경희 지음 / 176면

오늘의 詩選集 제7권

가을은 어디나 빈자리가 없다
전금희 지음 / 176면

오늘의 詩選集 제8권

쓸쓸함에 대하여
이후남 지음 / 176면

오늘의 詩選集 제9권

바람이 열어 놓은 꽃잎
문재규 지음 / 220면

오늘의 詩選集 제10권

단 한 번 사랑으로도
이호근 지음 / 176면

오늘의 詩選集 제11권

할 말은 가득해도
최승벽 지음 / 176면

오늘의 詩選集 제12권

비밀 일기
박봉은 지음 / 176면

오늘의 詩選集 제13권

꽃만 봐도 서러운 그날
한실 문예창작 동인지 제8집

오늘의 詩選集 제14권

마냥 좋기만 한 그대
최기숙 지음 / 176면

오늘의 詩選集 제15권

풀꽃향 당신
김영순 지음 / 176면

오늘의 詩選集 제16권

유리인형
박봉은 지음 / 176면

오늘의 詩選集 제17권

보고픔이 자라고 자라서
한실 문예창작 동인지 제9집

오늘의 詩選集 제18권

첫사랑
김부배 지음 / 176면

오늘의 詩選集 제19권

나는 매일 밤 바람과 함께 사라진다

박덕은 지음 / 240면

오늘의 詩選集 제20권

오늘도 걷는다

유양업 지음 / 176면

오늘의 詩選集 제21권

내 사람 될 때까지

전춘순 지음 / 176면

오늘의 詩選集 제22권

처음 사랑

한실 문예창작 동인지 제10집

오늘의 詩選集 제23권

당신에게 · 둘

박봉은 지음 / 176면

오늘의 詩選集 제24권

그 누가 다녀간 것일까

전금희 지음 / 206면

오늘의 詩選集 제25권

한 잔 술에 가둘 수 없어

이후남 지음 / 164면

오늘의 詩選集 제26권

그리움 머문 자리

이인환 지음 / 176면

오늘의 詩選集 제27권

사랑의 콩깍지

김부배 지음 / 176면

개별 작품집

고목나무에 꽃이 핀 사연
김영순 시집

당신만 행복하다면
박봉은 제1시집

시가 영화를 만나다
장헌권 시집

아시나요
박봉은 제2시집

하얀 속울음까지 들켜 버렸잖아
김성순 시집

당신에게, 하나
박봉은 제3시집

세월이 품은 그리움
김순정 시집

사색은 강물 따라
권자현 시집

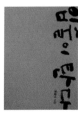
입술이 탄다
형광석 시집

내가 머무는 곳
신순복 시집

늘 곁에 있는 다른 나처럼
정연숙 시집

당신
박덕은 시집

한실 문예창작 동인지

한실 문예창작 동인지 제1집
『한꿈』

한실 문예창작 동인지 제2집
『한꿈』

한실 문예창작 동인지 제3집
『당신의 쓸쓸함은 안녕하십니까』

한실 문예창작 동인지 제4집
『목련은 흔들리고 있다』

한실 문예창작 동인지 제5집
『그래도 한쪽 가슴은 행복합니다』

한실 문예창작 동인지 제6집
『좋은 걸 어떡해』

한실 문예창작 동인지 제7집
『아직도 사랑인가 봐』

한실 문예창작 동인지 제8집
『꽃만 봐도 서러운 그날』

한실 문예창작 동인지 제9집
『보고픔이 자라고 자라서』

한실 문예창작 동인지 제10집
『처음 사랑』